Ralf Neubohn

Mord auf dem Alpaka- und Lamahof

Alpaka und Lama ermitteln

Ralf Neubohn

Mord auf dem Alpaka- und Lamahof

Alpaka und Lama ermitteln

Bibliografische Information der Deutschen Nationalbibliothek
Die Deutsche Nationalbibliothek verzeichnet diese Publikation
in der Deutschen Nationalbibliografie;
detaillierte bibliografische Daten sind im Internet
über www.dnb.de abrufbar.

Copyright © Ralf Neubohn 2023

Herstellung und Verlag: BoD – Books on Demand, Norderstedt

ISBN: 978-3-7347-0834-3

**Dieses Buch ist allen Alpakas und Lamas gewidmet,
es sind schöne Tiere!**

Inhalt

Vorwort..................8
Der Hof..................9
Rundgang..................10
Die Köchin..................11
Die Tatwaffe..................12
Zeugen?..................13
Vermisst..................14
Beweismaterial..................15
Die nächste Tote..................16
Schafe..................17
Autobiographie..................18
Wieder schlägt der Mörder zu..................19
Der Täter..................20
Das Ende..................21
Ein neuer Fall..................22
Am Brunnen..................23
Fragen..................24
Das Detektiv-Gespann..................25
Ein neuer Mord..................26
Befragung..................27
Die Tatwaffe..................28
Das Lagebild..................29
Aus für den Mörder..................30
Alles klar..................31
Sherlocklinchen..................32
Der Film..................33
Modewelt..................35
Meckerliese..................36
Ende der Ermittlungen..................37

Bücher von Ralf Neubohn..38
Nachwort..44

Vorwort

Auf einem idyllischen Alpaka-Lamahof geschehen plötzlich besonders schreckliche Morde. Kann das Alpaka Watselinchen den Täter finden? Eine fast unlösbare Aufgabe, da keinerlei Motiv für die bizarren Verbrechen zu erkennen ist.

Doch Watselinchen wandelt mutig auf den Spuren großer Detektive, um den Hof zu retten. Wird das unerfahrene Alpaka dabei das nächste Opfer? Oder entlarvt es doch den mysteriösen Täter und sein geheimnisvolles Motiv? Dieser erste Band meiner neuen Tier-Krimi-Reihe erscheint parallel zu der weiterhin fortgesetzten heiteren Serie um den magischen Lama- und Alpakahof. Beide Buchreihen sind allerdings ganz eigenständig und verschieden. Viel Spaß beim Rätseln: Wer war es?

Der Hof

Das Alpaka Watselinchen lief zufrieden über den schönen Hof. Bei den Ställen arbeiteten die drei Hofmägde Lisa Lispel, Zukki Zuckerle und Goldi Goldstück zusammen mit ehrenamtlichen Helfern des Hofes. Es gab immer viel zu tun. Die Tiere bürsten, füttern, spazieren führen, die Ställe reinigen und das Futter bringen.

Der bärtige Stallbursche David Drahtseil brachte große Heuballen mit seinem Traktor. Es herrschte also überall munteres Treiben. Das Alpaka seufzte stolz: „Bin ich froh, hier zu leben!" Der Cousin von Watselinchen lebte nämlich auf einem Hof auf der anderen Seite des großen Waldes. Dort tobte oft das pure Chaos! Kein Ort für sensible Alpakas wie Wateslinchen. Dieser andere Hof taugte nur für eines: sich darüber lustig zu machen. Er bildete hier das Lieblingsthema. Vor allem wenn neue Bücher Ralf Neubohns darüber rauskamen, lachten alle auf Watselinchens Hof lauthals über den dortigen Chaotenhaufen.

Rundgang

Auf seinem Spaziergang begegnete das Alpaka noch der Köchin Berta Brutzel, die gerade Kräuter fürs Essen pflückte. Sie sprach mit dem Hofbesitzer Bert Biedermeierle über das Abendessen. Es gab Kräuterschnitzel! *„Bäh!"*, dachte das vegan lebende Alpaka. *„Was die Menschen so alles essen, unfassbar!"* Gemächlich näherte es sich der Hofgrenze in der Nähe des Waldes. Hier ging das Alpaka nie weiter, denn im Wald gab es noch viele Wildtiere, also keine gute Gesellschaft für Alpakas! *„Hier ist es am schönsten! Jeder Tag auf unserem Hof ist wundervoll"*, ging es Watselinchen durch den Kopf. „Hier passieren nie so schlimme Dinge wie bei meinem Cousin. Na ja, jeder wie er es verdient." Nach diesen wenig netten Gedanken belohnte es sich selber mit Wildern im Küchengarten der Köchin. Schmunzelnd meinte es: „Mundraub ist kein Verbrechen. Verbrechen gibt es hier sowieso nicht."

Die Köchin

Am nächsten Tag wunderte sich das Alpaka, nicht wie sonst von der Köchin wegen des Wilderns im Küchengarten ausgeschimpft zu werden. „Erstaunlich, normalerweise kommt Berta schon früh morgens schimpfend in den Stall. Ob sie verschlafen hat?" Auch einige andere Hofbewohner vermissten die Köchin, vor allem diejenigen, die vergeblich auf das Frühstück warteten. Mit der Zeit kam es dem Alpaka so verdächtig vor, dass es mit der Suche begann. Wo war die Köchin? Watselinchen durchsuchte nach und nach alle Hofgebäude. Nirgends etwas von Berta zu sehen, die schon lange in der Küche arbeiten müsste. Düstere Vermutungen stiegen auf, leider bewahrheiteten diese sich. Eine große Menschentraube umstand Berta am Bach. Die Köchin lag auf dem Rücken und ein Holzdolch steckte in ihrem Herzen. Auf dem Bauch lag ein Strauch wilder Wiesenblumen. Was sollte das bedeuten? Ging ein irrer Mörder um? Warum? Wieso ein Blumenkranz und ein Holzdolch? Heutzutage gab es doch billige Stahlmesser zu kaufen? Niemand schnitzte sich mehr Dolche aus Holz selber.

Die Tatwaffe

Die Menschen unterhielten sich schockiert über diese unglaubliche Tat. „Ausgerechnet Berta! Jeder mochte sie doch!"
 Das Alpaka dachte schnippisch: *„Offensichtlich nicht!"*
 Die Hofbewohner warteten völlig ratlos auf die Polizei: „Keinerlei Hinweise auf den Mörder! Das wird eine lange Sache!"
 Das Alpaka trat näher, den Dolch fest im Blick. Dabei sprang Watselinchen etwas ins Auge: „Von wegen kein Hinweis! Dies ist ein Dolch aus Eberesche! Ebereschen gibt es hier selten. Warum schnitzte der Täter wohl gerade aus diesem besonders seltenen und harten Holz die Waffe? Es gibt doch sehr viel leichter zu schnitzende Holzarten, die überall wachsen. Seltsam!"
 Leider konnten die Menschen das Alpaka nicht verstehen, so entging ihnen ein wesentliches Indiz. Das Alpaka beschloss, den Fall selbst zu klären, denn die Menschen wirkten nicht so, als wären sie dazu in der Lage. Doch wo mit den Ermittlungen beginnen?

Zeugen?

Das Alpaka beschloss, zuerst die anderen Tiere zu befragen. Der Lamagroßvater Fred Fellos murmelte: „So etwas gab es hier noch nie! Wir sind ein anständiger Lamahof. Obwohl – für die reingeschmeckten Alpakas wie Dich kann ich nicht bürgen."

„Pah, alter Griesgram", erwiderte Watselinchen. Es horchte auch die anderen Lamas aus. Doch niemand bemerkte das Geringste. „In Detektivgeschichten ist das aber anders!", bruddelte das Alpaka.

Ein besonders keckes Lama meinte: „Dies ist aber kein Roman, sondern das echte Leben. Glaubst Du vielleicht ein großer Detektiv zu sein? Du bist im besten Fall der Gehilfe! Und was ist überhaupt mit Deinem eigenen Alibi? Wo warst Du zur Tatzeit?" Lamas sind nicht immer so nett, wie sie wirken.

Das Alpaka begab sich zu seinen Artgenossen. „Hoffentlich wissen die etwas", sprach Watselinchen mit sich selber. Doch die Alpakas riefen nur entsetzt: „Was? Die Köchin ist tot? Wer pflanzt nun Kräuter im Küchengarten an, die wir anschließend rauben können?" Watselinchen ging die Sache wesentlich näher. Es mochte einerseits Menschen, andererseits wusste das Alpaka: „Das ist erst der Anfang! Die Morde gehen weiter! So ist es in allen Krimis!"

Vermisst

Egal was alle Tiere sagten: in Wirklichkeit mochten und vermissten sie die freundliche Köchin sehr. So, wie die Tiere auch die anderen netten Menschen vermisst hätten. Bei den tagelangen Gesprächen kam eines klar zu Tage: Selbst die phantasiereichsten Tiere konnten sich kein Motiv vorstellen. Warum eine so sympathische Frau töten? Und wozu auf so merkwürdige Art? Was sollten die Blumen bei der Leiche? Stellten sie eine Art Botschaft dar? Ähnlich verliefen auch die Gespräche der Menschen mit der Polizei. Eine große Ratlosigkeit herrschte. Das Alpaka flüsterte tröstend zu einem entsetzten Pferd: „Ach, bald wissen wir mehr."

Das Pferd erkundigte sich: „Wieso? Bisher ergab die Untersuchung der Leiche keinen Hinweis."

Altklug erwiderte Watselinchen: „Nach den nächsten Morden sehen wir klarer."

„Morden?", zischte das schockierte Pferd. „Du erwartest noch einige Morde?"

„Ja, klar", schloss das Alpaka das Gespräch trocken ab. „Das ist der Anfang einer Mordserie. An Deiner Stelle würde ich aufpassen, dass Du nicht das nächste Opfer bist."

Dies fand das arme Pferd nicht besonders tröstlich.

Beweismaterial

Das Alpaka beschloss zur einzigen Eberesche zu traben, die es kannte. Diese Aktion sollte zwei Zwecken dienen: einerseits nachschauen, ob dort Äste fehlten. Zum anderen: einen Ast dort annagen, um herauszufinden, ob Eberesche wirklich so hart war, wie sich Watselinchen erinnerte. Denn es lag schon sehr viele Jahre zurück, als es dort einmal einen Ast anzunagen versuchte. Gemächlich trabte das Alpaka zu seinem Ziel. Dabei zuckte es immer wieder durch den flauschigen Kopf: *„Da war doch noch irgendwas Besonderes? Etwas, das mit Eberschen zusammenhing. Was bloß?"* Als Watselinchen endlich ankam, biss das Alpaka sofort in einen Ast. „Uff!", ächzte es. „Knallhart. Der totale Zahnkiller! Die Freude aller Tierärzte! So, nun mal sehen: Fehlen Äste?" Ja, jemand hatte sogar sehr viele Äste mitgenommen. Betroffen schluckte Watselinchen: „Das scheint wirklich ein Serienmörder zu sein! So viel Holz für Dolche!" Ängstlich schlenderte es zurück zu dem Hof. Wer mochte wohl das nächste Opfer sein? „Hoffentlich das greise Lama Fred Fellos!", murmelte das Alpaka voller Vorfreude.

Die nächste Tote

Eine schwere Enttäuschung lauerte auf das arme Alpaka. Nicht der greise Grummel- Opa Fred Fellos lag erstochen am Brunnen, sondern Lisa Lispel. Obwohl Watselinchen sehr viel Phantasie besaß, konnte es sich nicht vorstellen, wer die besonders schüchterne Lisa hasste. Lisa gehörte zu den unscheinbarsten Menschen überhaupt. Die Untersuchung der Tatwaffe durch die Polizei blieb natürlich erfolglos. Auf dem Hof gab es so viele Arbeitshandschuhe, dass selbst der untalentierteste Mörder nicht lange danach suchen musste. Dieses Mal steckte der Holzdolch im Rücken des Opfers, der Blumenkranz lag knapp darunter. Die Suche nach Fußspuren in der feuchten Brunnengegend brachte leider auch nichts. Da hier immer die Schafherde von Sigi Simpel vorbeikam, welcher die Tote auch entdeckte.

Der Schafhirt konnte sich über seinen Leichenfund kaum beruhigen: „Stellt Euch das vor! Meine sensiblen Schafe! Ob sich die armen Tiere von dem Schreck je wieder erholen werden?"
Diese Einstellung zu Tieren hörte das Alpaka gern. Andererseits sorgte es sich nicht besonders um die sensiblen Schafe, die gerade begannen den Blumenkranz zu fressen. Der Mord schlug ihnen offensichtlich nicht auf den Magen.

Schafe

Watselinchen verhörte die Schafe: „Habt Ihr etwas Auffälliges bemerkt?"

Die Antwort lautete: „Möh? Nö!"

Das Alpaka bruddelte: „Dumme Schafsköpfe!"

Ein Schaf wollte wissen: „Warum fragst Du? Weil die Frau hier am Brunnen ein Nickerchen macht? Die kann doch schlafen, wo sie will!"

„Blödes Schaf", murrte das Alpaka. Schafe standen vom Niveau offensichtlich noch weiter unter dem Nörgel-Lama Fred. Kaum zu glauben, dass jemand noch blöder als das alte Lama sein konnte. „*Nun*", überlegte das Alpaka. „*Wenn der Mörder einen nach dem anderen tötet, bleibt er zum Schluss als Einziger übrig. Auch ohne weitere Indizien ist dann der Fall gelöst. Wen es wohl als Nächstes erwischt? Hoffentlich nicht den Hofbesitzer. Denn ohne den bricht hier alles zusammen.*" Inzwischen fraßen die Schafe den Blumenkranz komplett auf, machten schafige Gesichter und freuten sich schon auf weitere schmackhafte Blumenkränze bei den nächsten Leichen. „Schafgesichter!", grollte Watselinchen. „Wenn es Euren Schafhirten erwischt, findet Ihr es nicht mehr so witzig!"

Autobiographie

David Drahtseil fuhr mit seinem Auto an der Gruppe vorbei. Der Stallbursche schien sein Fahrzeug sehr zu lieben, denn vor Jahren schrieb er darüber. Das Alpaka hatte die Autobiographie noch nicht gelesen, wunderte sich aber oft darüber, wie jemand die Biographie seines Autos schreiben konnte. Doch gab es in den Buchläden schließlich viele Autobiographien, David schrieb also nicht als einziger über sein Auto. Ob Fahrzeuge intelligenter als Schafe waren? Vielleicht lohnte sich ja ein Verhör von Davids Auto. Schließlich kam es viel herum. Währenddessen jammerte der Schäfer weiter: „Meine armen, sensiblen Tiere! So was ist für die zart besaiteten Tiere ein Schock fürs Leben!" Skeptisch blickte das Alpaka die Schafe an, welche inzwischen an den Schnürsenkeln der Menschengruppe zu nagen begannen. „Die sind so zart wie der Kaktus vom Hofbesitzer", lautete die wohlerwogene Meinung von Watselinchen. Doch was jetzt tun? Wie die Ermittlungen fortsetzen?

Wieder schlägt der Mörder zu

Watselinchen lief regelmäßig bei den verbliebenen Frauen des Hofes vorbei. Diese Kontrollgänge ergaben sich aus der Tatsache, dass der Mörder nur Frauen tötete. Warum wohl? Was hatten Frauen ihm getan? Vielleicht konnte das Alpaka durch seine Patrouillengänge neue Morde verhindern. Boten sie den Damen Schutz? Bei einem der Kontrollgänge fand das Alpaka stattdessen den Schafhirten tot auf einer Wiese zwischen zwei Häusern. Natürlich ebenfalls erdolcht. Nicht zu glauben! Wenn jetzt auch Männer zu den Opfern gehörten, fiel es noch schwerer, einen roten Faden zwischen den Morden zu finden. Doch irgendwas musste diese Toten doch verbinden… Hier unterbrachen herbei geeilte Menschen mit ihren Wehklagen kurzfristig die Gedanken des Alpakas. Auch diese fielen aus allen Wolken: ein neues Opfer, aber keine Frau! Liebte der Täter die Abwechslung? Steckte etwas anders dahinter? Der arme Schafhirte! So ein tierlieber Mensch! Wie sollte ausgerechnet er irgendjemandem im Weg gewesen sein? Er lebte mit seinen Tieren doch meist weit weg vom Hof. Da streikte bei allen der Verstand. Selbst die Phantasiereichsten fanden kein Motiv!

Der Täter

Das Alpaka grübelte: Bisher waren alle Opfer Frauen. Warum jetzt der Schäfer? Wie passte der denn in die Mordserie? Hatte er trotz seiner Tumbheit eine Spur gefunden? Vielleicht durch die Blumenkränze oder die Ebereschendolche? Welche Bedeutung steckte hinter diesen? Worauf so ein Schafhirt kam, das musste doch einem schlauen Alpaka erst Recht klar sein. Der Zusammenhang… Ja… klar….! Watselinchen eilte zum Haus von Drahtseil. Doch niemand reagierte auf das Treten an der Tür. Das Alpaka schaute auf die Wiese hinterm Haus. Dort band Drahtseil gerade Blumen zu einem Kranz zusammen. Hasserfüllt rief er: „So! Du hast mich erwischt! Aber das wirst Du niemandem erzählen können!" Drahtseil zog einen Ebereschendolch, um das arme Alpaka zu erstechen. „Der Dolch ist eigentlich für Hexen gedacht. Darum ist er aus Eberesche, denn Hexen verlieren bei diesem Holz ihre Macht. Und nun verlierst Du Dein Leben! Ha, ha, ha!" Offensichtlich war er völlig verrückt, aber deshalb umso gefährlicher. Hatte Watselinchen eine Chance gegen diesen kräftigen Mann?

Das Ende

Er hielt mit einer Hand das Alpaka am Zaumzeug und hob mit der anderen zum tödlichen Dolchstoß aus! Keine Chance zur Flucht. Das Ende? Ja, aber sein Ende! Denn wie aus dem Nichts erschien die Schafherde, trat den gemeinen Mörder ihres Schäfers in Grund und Boden. Ein verdientes Ende. Später erkundigte sich ein Schaf: „Zum Glück weideten wir in der Nähe und konnten so alles hören. Woher wusstest Du, dass es Drahtseil war?"

Watselinchen machte einem bekannten Detektiv große Ehre: „Weil er von allen Hofbewohnern der Einzige war, mit der nötigen Kraft, um aus harter Eberesche Dolche zu schnitzen. Aber auch, weil nur bei ihm hinter dem Haus die Blumen, aus denen die Kränze bestanden, blühten. Sonst gibt es die hier nirgends."

„Watselinchen lebe hoch!", jubelten die Schafe laut. Durch den Trubel angelockt erschienen alle anderen Hofbewohner und schlossen sich der Feier von Watselinchens Erfolg an. Noch lange schallte es bis tief in die Nacht: „Watselinchen lebe hoch!" Selbst Fred Fellos stimmte ein. Allerdings mit dem Zusatz: „Natürlich hätte ich es besser gemacht!" Nun, so war Fred eben. Was soll es? Das Alpaka lebe hoch!

Ein neuer Fall

Felix Fellos sprach mit Watselinchen oft über den gelösten Fall. „Mit etwas mehr Glück, hättest Du den Fall schneller lösen können."

Das Alpaka antwortete: „Stimmt, aber leider wartet das Glück nicht gleich hinter der nächsten Ecke."

Felix meinte: „Wie mein Onkel Fred Fellos immer sagt: Felix bedeutet der Glückliche. Darum ermittle ich im nächsten Fall mit mir zusammen! Ich werde Dir Glück bringen!"

„Im nächsten Fall?", entfuhr es dem Alpaka entsetzt. „Glaubst Du wirklich, es wird einen nächsten Fall geben?"

„Aber natürlich", erklärte das junge Lama unbekümmert. „Große Detektive lösen immer eine Menge von Kriminalfällen zusammen mit ihrem Gehilfen. In diesem Fall also künftig mit mir."

Nachdenklich geworden gab das Alpaka Felix recht: „Stimmt. Fast alle Kriminalromane laufen darauf hinaus, dass stets nach einem geklärten Mord schon der nächste hinter der Ecke lauert. Schnell wird bald noch jemand anderes getötet. Hoffentlich nicht wir. Also, dann lass uns mal Brunnenwasser auf unsere Zusammenarbeit trinken."

„Danke Kollege", seufzte das Lama zufrieden.

Am Brunnen

Während des Trinkens am Brunnen trafen die beiden die Schafe.
„Habt Ihr schon einen neuen Hirten?", wollte Watselinchen wissen.

„Ja", erwiderte eines der Schafe. „Schorsch Schafpelz. Der Sprache nach ein Bayer. Schorsch heißt Hochdeutsch vermutlich Georg. Aber wenn er nun mal Schorsch lieber hört, so rufen wir ihn halt so."

Felix nickte mit dem Kopf: „Wir haben alle so unsere Eigenheiten und das ist gut so. Sonst wäre das Leben langweilig."

Bissig warf das Alpaka ein: „Wenn Dir langweilig ist, sprich doch mit Deinem Onkel Fred Fellos. Er bringt jeden zum Explodieren."

„Richtig", beklagte sich das junge Lama. „Schade, dass den niemand ermordet hat. Das wäre eine gute Tat gewesen."

Watselinchen dachte: *„Ja, das ging mir auch schon durch den Kopf. Wenn jemand ermordet gehört, dann Fred. Vielleicht haben wir Glück und Freds tot ist der neue Fall."*

Fragen

Das Schaf wollte plötzlich wissen: „Ist das eigentlich eine neue Mode, dass Ihr fast immer das Zaumzeug anhabt? Es wirkt sehr schick."

Watselinchen murrte: „Von wegen schick. Das Zaumzeug war vor ein paar Tagen schier mein Tod, als der Mörder mich damit festhalten konnte."

„Aber warum tragt Ihr es dann fast immer?", hakte das Schaf weiter nach. Schafe sind keineswegs so dumm, wie allgemein angenommen.

Fred erklärte: „Auf dem Hof leben sehr viele Alpakas und Lamas. Zahlreiche Touristen und ehrenamtliche Helfer führen uns damit spazieren. Leider vergessen die es oft, das Zaumzeug nach dem Spaziergang wieder abzunehmen. Aber vielleicht ist das auch gut so, da die meisten Leute zu dumm sind, es anzulegen. Da laufend einer nach dem anderen mit uns spazieren geht, müsste das Zaumzeug ständig angelegt und wieder abgelegt werden. So ist es viel praktischer."

„Am praktischsten ist es, wenn niemand sowas braucht. Bin ich froh, ein Schaf zu sein", lautete es abschließend. Sehr wahr.

Das Detektiv-Gespann

Felix meinte beim Weiterlaufen: „Wir haben einen großen Vorteil. Sobald ein neuer Fall da ist, können wir gleichzeitig zwei Verdächtige beschatten oder zwei mögliche Opfer parallel bewachen."

„Das ist wahr", entfuhr es dem Alpaka. „Aber was nützt es, wenn Dein Onkel vielleicht das nächste Opfer ist? Da ihn hier jeder hasst, gäbe es ca. 200 Verdächtige zum Beschatten."

„Nun", flüsterte Felix. „Eigentlich bräuchte dann niemand beschattet werden. Wenn jemand wirklich diese gute Tat begeht, gehört er belohnt und nicht bestraft."

Mürrisch gab Wateselinchen von sich: „Theoretisch ja. Aber ein genialer Detektiv und sein treuer Gehilfe haben JEDEN Mord zu klären, ob es ihnen passt oder nicht."

„Leider ja. Aber vielleicht vergesse ich dann lieber eine Weile Gehilfe zu sein."

Schöne Pläne, leider kam es anders.

Ein neuer Mord

Tage später fand ein Tourist Zukki Zuckerle erschlagen in der Heuscheune. Schlug im wörtlichen Sinne wieder ein Frauenmörder zu? Kam es nochmals zu vielen Toten? Bekümmert umstanden die Hofbewohner die Scheune. Allgemein hieß es: „Kommen wir nie zur Ruhe? Was ist bloß los mit unserem Hof?"

Eine gute Frage.

Eine noch bessere stellte Felix: „Zukki Zuckerle war so süß wie Zucker. Selbst zu uns Tieren. Ich kann es einfach nicht glauben. Was ist bloß das Motiv?"

Watselinchen gab dem Lama Recht: „Richtig. Wir nehmen an der Spurensuche natürlich teil. Aber die anderen werden schon alle möglichen Spuren zertreten haben. Daher müssen wird das Motiv suchen. Das Motiv führt uns zum Täter."

„Oder zur Täterin", fügte Felix hinzu. „Denn warum sollen nur immer Männer die Täter sein?"

Das Alpaka erwiderte boshaft: „Vielleicht beging zur Abwechslung ein Tier den Mord. Ob wohl Dein Onkel sie mit einem kräftigen Tritt ins Jenseits beförderte?"

Befragungen

Die beiden befragten wieder alle Tiere des Hofes. Wie üblich hatte niemand etwas gesehen. „Das ist typisch", murrte das Alpaka. „Alle sind blind wie Fledermäuse. In Krimis hingegen gibt es stets Zeugen. Morde sind in Büchern leichter zu klären, als im echten Leben."

Felix versuchte Watselinchen aufzumuntern: „Sei doch froh, so bleibt es länger spannend."

Watselinchens Antwort gebe ich an dieser Stelle lieber nicht wieder. Alpakas können erstaunlich derb sein. Ihr Wortschatz umfasst mehr Wörter, als bekannt ist.

Geknickt entschuldigte sich das Lama: „Du hast Recht, vergib mir. Aber was machen wir jetzt? Es gibt keinen Anhaltspunkt."

„Doch", erklärte das Alpaka. „Wir warten auf das Obduktionsergebnis. Vielleicht gibt uns die Tatwaffe einen Hinweis. Es kann ja etwas ganz Typisches gewesen sein, was direkt auf den Täter hinweist. Etwa ein Nudelholz, eine Holzfäller-Axt oder die Hufe Deines Onkels."

„Das Glück werden wir nicht haben", jammerte das Lama tief bekümmert.

Die Tatwaffe

Eines Morgens hörten unsere beiden Helden die Gespräche der Menschen. „Aha", bemerkte das Lama. „Zuckerle wurde mit einem schweren Stock erschlagen. Mal überlegen, für wen schwere Stöcke typisch sind: Holzfäller? Handwerker?"

Dem Alpaka gingen diese Überlegungen nicht weit genug. „Es gibt auch die Leute, die hier Pfähle für die Zäune benutzen oder für andere Bauarbeiten. Ich schlage vor, wir befragen alle Tiere, was die betreffenden Menschen zur Tatzeit machten. Mit schweren Holzstücken haben ja schließlich nur wenige zu tun. Mit etwas Glück durch meinen Freund Felix ist der Fall schnell geklärt."

„Hoffentlich mache ich meinem Namen alle Ehre", flüsterte Felix.

Das Lagebild

Eine Woche später ergab sich von allen möglichen Verdächtigen ein genaues Bewegungsprofil. Die Hofkatze sah den Schreiner zur Tatzeit beim Bau einer neuen Hundehütte. Den Hofbesitzer sah ein Lama beim Picknicken mit den Damen des Hofes usw.

„Kein Verdächtiger, der mit Holzstöcken zu tun hat, ist übrig" ächzte das arme Lama.

Wie selbstverständlich sagte das Alpaka: „Ja, das wäre auch zu leicht gewesen. In Krimis gibt es immer eine überraschende Wendung, etwas, was einem bis zum Schluss entging. Und dann ruft man: Na, klar! Mal sehen…"

Ehrfürchtig lauschte Felix den Überlegungen des Alpakas. Ihm war nun klar, warum er stets nur der Gehilfe bleiben würde. Denn das Lama konnte sich keinen Reim auf alles machen. Der ganze Fall stellte einen undurchdringlichen Nebel dar.

„Ich hab es", schrie das Alpaka plötzlich glücklich. Felix staunte: „Wer es wohl war?"

Aus für den Mörder

Viel später standen die beiden vor der Tür des Mörders. Das Lama staunte noch immer: „Wie kam Watselinchen nur auf ihn?" Das Alpaka trat so lange gegen die Tür, bis der Täter herauskam. Sofort erkannte dieser, dass er ausgespielt hatte. Der Mörder holte mit seinem Hirtenstab zum tödlichen Schlag aus, als er plötzlich selber tot umfiel.

„Na, das habe ich gut gemacht!", bemerkte Fred Fellos zufrieden. „Ich habe ihn genau auf die niedrige Stirn getreten, diesem Hirtenschuft."

Aufatmend erkundigte Felix sich: „Onkel Fred, wie kommst Du hierher? Woher wusstest Du, wer es war?"

Der Onkel sagte beiläufig: „Ich kam zu Fuß hierher. Und den Täter erkannte ich aus demselben Grund wie der Detektiv hier: Wer läuft immer mit einem schweren Holzstab herum? Der Schafhirte! Über wen weiß niemand Genaues? Über den neuen Schafhirten. Lasst uns mal seinen Hirtenstab untersuchen."

Alles klar

Auf dem Hirtenstab fanden sich Blutspuren der armen Zukki. Fehlte nur das Motiv. Frauenhass? Wahnsinn? Nein, das kam alles nicht in Frage, aber was dann? Auf einem Tisch fanden sie das Tagebuch des Täters. Aus diesem ergab sich, dass er bereits im Finsterklammwald Morde beging. Von dort musst er fliehen, als ihm die Elfe Sherlocklinchen auf die Spur kam. Hier nannte der Mörder sich zur Tarnung Schorsch Schafpelz. Ein wahrer Wolf im Schafpelz. Doch zu seinem Unglück kam ihm Zukki bei einem Rendezvous auf die Spur. Als er nicht aufpasste, las sie heimlich in seinem Tagebuch und musste deshalb eine Weile später sterben. Denn Schorsch merkte nicht gleich, was los war, sondern erst, als sie kein weiteres Rendezvous wollte.

Onkel Fred sagte darauf belehrend: „Merkt es Euch! Liebe ist gefährlich!"

Später feierten alle herbeigeeilten Hofbewohner den Triumph des guten: „Hoch sollen das Alpaka und die Lamas leben! Hoch, hoch, hoch!"

Fred meinte dazu: „Endlich wird auch der Richtige gefeiert!" Alte Lamas sind halt so.

Sherlocklinchen

Das Alpaka las gerne Krimis. Vor allem die Fantasy-Krimis der Elfe Sherlocklinchen, welche im nahe gelegenen Finsterklammwald wohnte. Besonders gefiel Watselinchen: „Der geheimnisvolle Tod des Werwolfs". Ein von der Elfe selbst gelöster Kriminalfall. Außer den Abenteuern aus ihrer Fantasy-Welt schrieb Sherlocklinchen auch Kurzkrimis aus der Menschenwelt. Anbei ein paar von diesen Kurzkrimis.

Watselinchens Alpaka Cousin lebte ein sehr ereignisreiches Leben auf der anderen Seite des Finsterklammwaldes, über dessen heitere Abenteuer es schon sehr viele Bücher gab und laufend neue erschienen. Der Finsterklammwald und seine Umgebung gehörten also zu den ereignisreichsten Gegenden dieser Welt. Daher werden weiterhin diese drei Buchreihen von dort fortgesetzt. Viel Spaß damit! Doch wie angekündigt ein paar kurze Menschenkrimis der Elfe.

Der Film

Manfred Metermaß drehte in einer Wüste seinen neuesten Film. Der Regisseur gehörte zu den erfolgreichsten seines Fachs. Die Dreharbeiten gingen in der prallen Sonne nur schleppend voran. Vielleicht gab es auch wegen ihr mehr Verdrießlichkeiten als sonst. Die Schauspieler quengelten wegen ihrer Texte, Drehbuchautor, Manager und Starkameramann forderten mehr Gewinnanteil.

Manfred Metermaß Laune sank Tag für Tag. „Wozu drehe ich den besten Film aller Zeiten, wenn mir vom Gewinn fast nichts übrig bleibt?", überlegte er sich verärgert. „Die anderen fordern einfach zu viel Gewinnbeteiligung." Doch eines Tages verbesserte sich seine Laune erheblich. Seine Frau Merit Metermaß entdeckte den Manager, der ertränkt in einer Wanne voll Filmentwickler Flüssigkeit lag. „Welch ein schöner Tag!", jubelte Manfred, während das ganze Filmteam unter Schock stand. Die Schauspieler gewöhnten sich schnell an die Lage, zumal ihnen die bessere Laune des Regisseurs zu gute kam. Die Szenen mussten viel seltener wiederholt werden.

Nur die zum Teil schlechten Dialoge des Drehbuchautors nervten alle Künstler. Der Star des Films Hubert Hauptperson stritt sich viel mit diesem. Aber genauso mit dem Kameramann, weil Hubert meinte, nicht perfekt aufgenommen zu werden, was natürlich zu endlosen Streitigkeiten führte. So mancher Darsteller dachte hoffnungsvoll: „Mal sehen, ob Hubert das nächste Opfer ist." Doch nicht Hubert wurde mit dem Stativ erschlagen, sondern der nervige Drehbuchautor, was ein allgemeines Aufatmen hervorrief. Doch wer hatte die gute Tat vollbracht? Zwei Morde und keinerlei Hinweis auf den Täter. Würde jetzt alles gut verlaufen oder gab es neue Opfer? Etwa den sehr arroganten Hubert? Nur wäre es in dem Fall mit dem Film vorbei, was in der heißen Wüstensonne aber auch keinen gestört hätte! Endlich heim in erträglichere Temperaturen! Eines Tages stürzte ein Teil der Kulisse über dem unerträglichen Kameramann ein, womit wieder eine Nervensäge verstarb. Eine frohe Botschaft für alle, da die restlichen Kameramänner wesentlich besser mit den Schauspielern auskamen. Doch fürchtete nun jeder, dass der Hauptdarsteller bald wegen dreifachen Mordes in den Knast kam. Schließlich profitierte dieser am meisten vom Verschwinden der arroganten Kerle. Dachten alle, bemerkten aber die Freude des echten Mörders nicht. Denn nun musste Manfred mit den anderen den Gewinn nicht mehr teilen. „Das habe ich doch gut gemacht", freute sich der Regisseur. „Durch diese drei Morde werde ich so reich, dass alle meine geheimen Zukunftspläne bald wahr werden!" So lauteten seine letzten Gedanken. Doch leider machte er die Rechnung ohne den Wirt, nämlich seiner Frau, die von einem geruhsamen Leben in Südfrankreich träumte. Kurzerhand beförderte sie ihren Gatten in den Regisseur-Himmel. Zu diesem Zweck benutzte Merit die Klapperschlange, welche im Film vorkam. „Ende gut, alles gut", schoss es hochzufrieden Merit Metermaß durch den Kopf. Welch ein schönes Happy End!

Modewelt

Yvonne arbeitete sich hart an die Spitze der Modewelt herauf. Sie gönnte sich keinerlei Entspannung, lebte nur für ihre Karriere. Dieses harte Arbeiten an der Karriere ließ mit der Zeit auch sie innerlich verhärten, was sich allmählich an ihrem Gesicht zeigte. Cremes übertünchten es noch, aber wohl nicht mehr lange. Daher musste es jetzt schneller mit ihr aufwärtsgehen. Vielleicht wäre es besser vorangegangen, wenn ihre Konkurrentin Esmeralda nicht gewesen wäre. Im Gegensatz zu Yvonne strahlte Esmeralda förmlich Jugend und Glück aus. „Diese nichtswürdige Ziege verdirbt mir noch alles! Beim Modelwettkampf in Paris darf sie mich auf keinen Fall ausstechen!" Leider muss gesagt werden: Für den Erfolg ging Yvonne buchstäblich über Leichen. Die tote Esmeralda wurde eines Tages vergiftet im Kosmetikstudio aufgefunden. Nun stand sie Yvonnes Sieg beim Modelwettbewerb nicht mehr im Wege, dem Höhepunkt von Yvonnes Karriere! Endlich der langersehnte Triumph über alle! Die anderen Models würden vor Neid platzen! Yvonne freute sich sehr darauf. Leider zu früh, der Wettbewerb fiel wegen einer internationalen Krise aus! Dies war wohl der verdiente Lohn der bösen Tat.

Meckerliese

Sandy Sandflöckchen machte mit ihrem leidgeprüften Mann eine Skiwanderung. Wie es bei ihr üblich war, beklagte sie sich dabei pausenlos über alles. Das Hotel, die Ski, die Wanderstrecke, die Wegzehrung usw. Sam Sandflöckchen kochte vor sich hin. Zehn Jahre hielt er nun schon das endlose Genörgel aus. Nie lobte seine Frau etwas, nie gab es eine noch so kurze Pause beim Meckern. „Hoffentlich verschluckt Sandy mal ihre Giftzunge", überlegte er finster. An einer schönen Bergwand bewunderte Sam die herrliche Aussicht ins tiefe Tal. „Puh, das ist viel zu steil, sowas mag ich nicht!", meckerte Sandy. Verärgert befreite sich Sam von diesem Meckerkobold, mit einem kräftigen Schubs. Schreiend stürzte Sandy den steilen Berg hinunter. „Endlich kann ich in Frieden leben!", jubelte Sam. Leider zu laut. Vom Lärm löste sich eine Berglawine und stieß ihn seiner Frau hinterher ins Tal. Gemeinsam ruhten die beiden nun in Frieden.

Ende der Ermittlungen

Liebe Leser/innen,

für heute enden die spannenden Ermittlungen. Da sich aber dort in der Gegend laufend Neues ereignet, wird die Reihe bald fortgesetzt.

Bis dahin alles Gute!

Ihr Ralf Neubohn

Bücher von Ralf Neubohn:

Krimi:

„Mörderisch gut"

„Die Gartenschau-Morde"

Fantasy Krimi:

„Der geheimnisvolle Tod des Werwolfs"

Tier Krimi:

„Mord auf dem Alpaka- und Lamahof"

Science Fiction Krimi:

„Sam Space"

Lama und Alpaka Reihe:

„Weihnachten mit Alpaka, Lama und der schussligen Hexe"

„Zauberhafte Ferien mit Alpaka und Lama"

„Der magische Hof, der Drache und die schusslige Hexe"

„Magische Stippvisite vom Drachen und der Hexe"

„Hof-Gala für Fee, Einhorn und Kamel"

„Geheimnisvolle Weihnachten mit Hexe, Drache und schüchterner Fee"

„Magische Reisen mit schussliger Hexe und schüchterner Fee"

„Weihnachtszauber im magisch-chaotischen Hofcafé der Hexe"

Alpaka Reihe:

„Die Alpakas vom Nikolaus"

„Der Nikolaus und sein Alpaka auf Tournee"

„Applaus für Alpaka und Osterhase"

„Das Comeback des geheimnisvollen Alpakas"

„Premieren-Abend mit Alpaka und Phönix"

„Halloween, Drache und Alpaka im Scheinwerferlicht"

„Das magische Alpaka und der Drache"

Gedichte

„Hier und Jetzt"

„Frisch gewagt"

Gedichte und Kurzgeschichten

„Die zauberhaften Altbohns"

Bücher mit schwarzen Humor Gedichten

„Die Gartenschau-Morde"

„Tod auf dem Kaktus"

„Neues vom 1. April"

Gartenschau Trilogie

„Flammenfeder live von der Gartenschau"

„Gartenschau Phantasie"

„Herzlich willkommen Gartenschau"

„Galaabend für die Gartenschau"

„Abschiedsvorstellung für die Gartenschau"

„Die Gartenschau-Morde"

„Tod auf dem Kaktus"

„Neues vom 1. April"

„Gartenschau Magie"

„Die Gartenschau im Rampenlicht"

Heiteres aus dem Autorenleben

„Im Tal der Autoren"

„Alle Autoren an Bord"

„Terry ein Schotte in Schwaben"

„Die zauberhaften Altbohns"

Fantasy

„Premieren-Abend mit Alpaka und Phönix"

„Halloween, Drache und Alpaka im Scheinwerferlicht"

„Das magische Alpaka und der Drache"

„Weihnachten mit Alpaka, Lama und der schussligen Hexe"

„Der magische Hof, der Drache und die schusslige Hexe"

„Magische Stippvisite vom Drachen und der Hexe"

„Hof-Gala für Fee, Einhorn und Kamel"

„Geheimnisvolle Weihnachten mit Hexe, Drache und schüchterner Fee"

„Magische Reisen mit schussliger Hexe und schüchterner Fee"

„Weihnachtszauber im magisch-chaotischen Hofcafé der Hexe"

„Der geheimnisvolle Tod des Werwolfs"

Jahresfeste

„Weihnachten mit dem literarischen Kleeblatt"

„Auf der Suche nach dem verlorenen Osterei"

„Weihnachten und Silvester mit Flammenfeder"

„Vorhang auf für Nikolaus, Weihnachten und Ferien"

„Bühne frei für Fasching und Halloween"

„Die Alpakas vom Nikolaus"

„Die Bettsocken vom Weihnachtsmann"

„Silvester und Weihnachtsmarkt geben sich die Ehre"

„Der Nikolaus und sein Alpaka auf Tournee"

„Applaus für Alpaka und Osterhase"

„Halloween, Drache und Alpaka im Scheinwerferlicht"

„Das Comeback des geheimnisvollen Alpakas"

„Weihnachten mit Alpaka, Lama und der schussligen Hexe"

„Geheimnisvolle Weihnachten mit Hexe, Drache und schüchterner Fee"

„Weihnachtszauber im magisch-chaotischen Hofcafé der Hexe"

Nachwort

Liebe Leser,

Sie sind nun an das Ende meines kleinen Büchleins gekommen. Ich hoffe, Sie gut und abwechslungsreich unterhalten zu haben.

Falls Sie beim Lesen auf den Geschmack gekommen sind, so gibt es von mir viele weitere schöne Bücher zum selber Genießen oder als originelles Geschenk für andere. Etwa zu Ostern, Weihnachten und Geburtstagen.

Mit freundlichen Grüßen und hoffentlich bis bald!

Ihr Ralf Neubohn